Marie-Danielle Croteau

Le trésor
de mon père

Illustrations
de Bruno St-Aubin

Laboratoire de didactique
Département des sciences de l'éducation
Université du Québec à Hull

la courte échelle
Les éditions de la courte échelle inc.

Les éditions de la courte échelle inc.
5243, boul. Saint-Laurent
Montréal (Québec) H2T 1S4

Conception graphique:
Derome design inc.

Révision des textes:
Jean-Pierre Leroux

Dépôt légal, 3e trimestre 1995
Bibliothèque nationale du Québec

Copyright © 1995 Les éditions de la courte échelle inc.

Données de catalogage avant publication (Canada)

Croteau, Marie-Danielle

  Le trésor de mon père

  (Premier Roman; PR43)

  ISBN: 2-89021-246-7

  I. St-Aubin, Bruno.   II. Titre.   III. Collection.

PS8555.R618T73 1995   jC843'.54   C95-940534-8
PS9555.R618T73 1995
PZ23.C76Tr 1995

PS
8555
R68
T74
1995

Marie-Danielle Croteau

Marie-Danielle Croteau est née à Saint-Élie-d'Orford, en Estrie. Après des études en communication et en histoire de l'art, elle travaille dans le domaine des communications. Cela lui permet de réaliser un de ses grands rêves, l'écriture, métier qu'elle exerce maintenant à temps plein.

Comme elle adore l'aventure, elle a passé, depuis une douzaine d'années, beaucoup de temps à voyager. Avec son mari et ses deux enfants, elle a vécu en France, en Afrique et dans les Antilles. Elle a aussi fait la traversée de l'Atlantique à voile et maintenant, elle réside sur la côte du Pacifique, dans la région de Vancouver. Son péché mignon? Le *popcorn*. Quand elle a bien travaillé, elle se permet une belle récompense: un grand plat de *popcorn* recouvert de beurre fondu. Ses amis se demandent ensuite pourquoi elle travaille autant...

Marie-Danielle Croteau a publié deux romans pour adultes, *Jamais le vendredi* et *Un trou dans le soleil*. *Le trésor de mon père* est le quatrième roman qu'elle publie à la courte échelle.

Bruno St-Aubin

Né à Roxboro, Bruno St-Aubin a étudié en graphisme au collège Ahuntsic, en illustration à l'*Academy of Art College* de San Francisco, puis en cinéma d'animation à l'Université Concordia.

Depuis, il illustre des manuels scolaires, des contes pour enfants et des romans jeunesse. Il s'amuse aussi à faire des décors de théâtre pour marionnettes. On peut voir ses illustrations au Québec, dans plusieurs pays francophones, au Canada anglais et aux États-Unis. Indépendant comme un chat, Bruno St-Aubin n'a évidemment pas peur des chats. Mais pour se détendre, il aime bien se promener dans les bois, même s'il a peur des loups. *Le trésor de mon père* est le deuxième roman qu'il illustre à la courte échelle.

De la même auteure, à la courte échelle

Collection Premier Roman
Le chat de mes rêves

Collection Roman+
Un vent de liberté
Un monde à la dérive

Marie-Danielle Croteau

Le trésor
de mon père

Illustrations
de Bruno St-Aubin

la courte échelle

À Marie-Paule, Dominique, Didier et Yolaine, mes petits Inuits préférés.

Chapitre 1
Un fromage
qui fait fuir...

Mon père aime le fromage qui pue. Son préféré, c'est le pire. La crotte du diable! Avec un nom pareil, c'est sûr que ça peut difficilement sentir bon! Mais ce n'est pas tout...

Quand André sort la meule de sa boîte, il se passe des choses étonnantes!

S'il y a une bougie allumée, la flamme vacille. La nappe se froisse et les ustensiles commencent à bouger. Les pattes de la table tremblent.

Sur le mur, les peintures ont l'air de vouloir sortir de leurs cadres. Mon poisson rouge tourne comme un fou dans son bocal et mon chat Ric grimpe dans les rideaux.

Ce fromage agit aussi sur les gens.

Mon petit frère Paul, qui a seulement un an, change de couleur. On dirait qu'il étouffe. Il pousse un grand cri et il se met à pleurer.

Ma mère, elle, s'empresse d'aller faire la vaisselle, alors que d'habitude, c'est le travail de mon père.

La crotte du diable, ça fait fuir le monde. Sauf André, bien sûr. Et moi.

J'adore la crotte du diable. Mais pas parce que j'en mange. Non. J'aime ce fromage parce que c'est un bon compagnon.

D'abord, il me fait rire. Ensuite, il me permet de rester seul à table avec mon père. Et finalement, il m'a rendu un bien grand service. À moi, mais surtout à mon meilleur ami: Guillaume.

***

Depuis quelque temps, Guillaume était bizarre. Il avait changé. Dès que la cloche sonnait, le vendredi après-midi, il ramassait ses affaires. Il partait sans même me dire au revoir. Il rentrait chez sa tante et je n'entendais plus parler de lui jusqu'au lundi matin.

Je savais qu'il passait la fin de semaine avec son père, sur la ferme, à Saint-Yaya. Mais il ne m'appelait plus, comme avant, pour me raconter ce qu'il faisait.

Pourtant, il y a quelques semaines encore, nous étions toujours ensemble à l'école. Tout le monde nous appelait «les jumeaux», «les siamois» ou «les chats siamois».

Nous étions comme deux frères.

Les siamois, ils ont parfois une jambe ou un bras en commun. Parfois, c'est tout le bas du corps qu'ils se partagent.

Ce que nous avons en commun, Guillaume et moi, c'est une grande, une extraordinaire passion pour les animaux. Pour les chats, surtout.

Un peu grâce à Guillaume, j'ai maintenant un chat à moi. Ric est né à Saint-Yaya, sur la ferme de Guillaume. C'est mon ami qui l'a nourri jusqu'à ce que Ric vienne vivre chez moi. Guillaume est un peu le père de Ric.

Alors quand ton jumeau, qui est aussi le père de ton chat adoré, t'abandonne, ça te fait vraiment quelque chose.

Un bon samedi matin, je me suis décidé à en parler à Liane.

— Est-ce que tu en as discuté avec lui? a répondu ma mère.

— Facile à dire! Je n'arrive même plus à passer deux minutes avec lui depuis l'arrivée de Steve. On dirait qu'il me fuit.

— Steve?

— C'est un nouveau: Steve Doyle. Il a un an de plus que nous. Mais ses parents lui font reprendre son année parce qu'il a de la difficulté en français.

Avant de déménager, il était dans une école anglophone.

— Il est gentil?

Steve Doyle n'était pas particulièrement gentil. Ou, en tout cas, s'il l'était, je n'avais pas eu l'occasion de m'en apercevoir. Ce n'était pas mon genre et, contrairement aux autres, je ne m'étais pas approché de lui.

À cause de son âge et des jeux vidéo que Steve apporte, tout le monde voulait devenir son ami.

Au début, Guillaume réagissait comme moi. Nous trouvions idiot de passer la récréation à pitonner sur une petite machine. Nous aimions mieux jouer au soccer ou regarder des livres sur les animaux.

Puis, je ne sais pas ce qui

s'est passé, Guillaume m'a laissé tomber. Je me suis retrouvé tout seul avec mon ballon, mes livres et mes rêves de devenir vétérinaire.

— Pauvre Fred! Ça doit te faire de la peine, a dit Liane.

— Le pire, c'est de perdre mon meilleur ami.

— Mais pourquoi est-ce que Guillaume ne serait plus ton ami? Ça n'a pas de sens, cette affaire-là! Tu devrais l'appeler et lui en parler.

— Peut-être...

— Pas peut-être, mon petit loulou. Sûrement!

— Ah maman! Quand est-ce que tu vas arrêter de m'appeler ton petit loulou? J'ai huit ans! Je ne suis plus un bébé!

Liane m'a regardé et, dans ses beaux yeux bleus, j'ai vu comme une ligne noire. J'ai senti que je l'avais blessée. Pourtant, ce n'était pas mon intention. Je ne savais même pas pourquoi j'avais réagi de cette façon.

Je me suis levé et je suis allé m'asseoir sur ses genoux. J'ai passé mes bras autour de son cou et je l'ai serrée très fort.

Maman m'a serré aussi et elle a soupiré, en me caressant les cheveux:

— Comme tu grandis, Fred...

Chapitre 2
Deux réglisses
au téléphone

Je suis monté dans ma chambre avec Ric.

J'avais un peu envie de pleurer. Je ne comprenais pas ce qui m'arrivait. J'ai installé mon chat dans son panier, à côté de moi sur le lit. Et je me suis mis à le flatter, à lui parler.

Je n'étais pas très fier de moi. Je m'apercevais que cette histoire était en train de me changer, moi aussi. Si je ne faisais rien, même Ric, bientôt, ne me reconnaîtrait plus. Je l'imaginais déjà, le poil dressé et les griffes sorties, comme devant un étranger.

Quelle horreur!

Il fallait que je réagisse.

Je suis allé dans la chambre de mes parents pour téléphoner à mon ami. J'ai fermé la porte. J'ai hésité au moins cinq minutes avant de me décider. Puis encore cinq autres minutes avant d'aborder le sujet avec Guillaume.

Au bout du fil, je me tortillais comme une réglisse en parlant de la pluie et du beau temps. Je bégayais des questions idiotes, en m'enroulant le fil du téléphone autour du bras.

Jusqu'à ce que l'appareil s'écrase par terre, débranché.

Alors vite, j'ai recomposé et vite, j'ai lancé la question qui me chicotait:

— Est-ce que je t'ai fait quelque chose, Guillaume?

Silence. Guillaume ne répondait pas. Puis j'ai entendu un béding-bédang-clang, suivi d'un long piiiiin. J'ai compris qu'il avait fait tomber le téléphone à son tour, sans doute en se tortillant comme je l'avais fait.

Nous devions avoir l'air fins, lui et moi! Deux réglisses en train de fondre au soleil. Ça m'a donné le fou rire. Lorsque Guillaume a rappelé, c'était déjà plus gai. Je lui ai dit ce que je venais d'imaginer et il a ri, lui aussi.

Puis il est redevenu sérieux.

— Ce n'est pas toi qui m'as fait quelque chose. C'est Steve.

— Quoi?

— Il dit que toi et moi, on n'est pas des siamois, on est...

Guillaume hésitait. Il semblait gêné.

— On est quoi?

— Des siamoises... Qu'avec nos histoires de chats, on est comme des filles qui jouent à la Barbie. Il dit aussi que ça se sent que mon père est fermier.

Que «ça se sent», tu comprends?

— Il veut peut-être dire que ça paraît que tu connais les animaux?

— Tu es idiot, ou quoi? Il dit que je sens la ferme, le fumier. La merde, si tu veux tout savoir.

La voix de Guillaume tremblait. Steve l'avait vraiment beaucoup insulté! Mais ce n'était pas une raison pour s'en prendre à moi!

— Il a dit aussi qu'un garçon qui passe son temps à regarder des livres avec un autre garçon, ce n'est pas normal.

— Ah bon! Je ne vois pas ce qu'il y a de mal là-dedans.

— Mets tes lunettes, Fred! Tous les gars de la classe se moquent de nous depuis que Steve les a montés avec ses histoires. Tu ne t'en aperçois donc pas?

Si je ne m'étais aperçu de rien, c'est que je n'avais pas regardé autour de moi. Je n'avais été préoccupé que d'une chose: l'attitude de Guillaume. Mais maintenant que mon ami me le faisait remarquer, je revoyais les sourires en coin sur mon passage.

— Il faut lui casser la gueule à Steve, dis-je au bout de quelques secondes de réflexion.

— Et se faire mettre à la porte? Mon père fait de gros sacrifices pour m'envoyer à l'école en ville. Je l'ai achalé pendant au moins un an avant qu'il accepte. C'est difficile pour lui. Il passe ses semaines entières tout seul.

Mon ami avait raison. Il ne

pouvait pas prendre ce risque-là.
Son père avait perdu sa femme et
son fils aîné dans un accident.
Alors, vivre séparé de Guillaume,
c'était sûrement très dur. Si, en

plus, il fallait que Guillaume fasse des bêtises...

— Je comprends, mais on ne peut pas se laisser démolir comme ça, sans rien dire!

— Qu'est-ce que tu voudrais faire?

— Je ne sais pas encore. Mais tu peux être sûr que je vais trouver!

Chapitre 3
La cloche de verre

Ça, c'était le monde à l'envers! Guillaume qui ronronnait comme un chaton et moi qui avais envie de rugir.

J'ai raccroché et je suis descendu. Liane faisait la cuisine. Paul, lui, venait de mettre la main sur le beurre et il se préparait à tartiner le mur.

J'ai attrapé mon petit frère juste à temps et je l'ai installé dans sa chaise haute. Puis je lui ai raconté ce qui venait de se passer. C'était plus facile de parler à Paul qu'à Liane. Je pouvais rugir à mon aise. Ça le faisait rire et moi, ça me faisait du bien.

Paul était fasciné par les sons que je produisais. Il écoutait attentivement, ce qui libérait ma mère et lui permettait d'écouter aussi. Je me trouvais bien malin...

— Tu sais, Fred, ce n'est pas facile d'être différent.

— Pour qui tu dis ça, maman?

— Pour Guillaume, qui est probablement le seul petit gars de la campagne dans ton école.

Après un moment, elle a ajouté:

— Et pour Steve, aussi. Mets-toi à sa place! S'installer dans un nouveau quartier, changer d'école, étudier dans une autre langue. En plus, reprendre son année scolaire et se retrouver avec des plus jeunes. C'est beaucoup! Tu ne penses pas qu'il aurait besoin d'aide pour s'adapter à tout ça?

— Je pense surtout qu'il aurait besoin d'une bonne leçon!

— Pas de méchancetés, Fred! Tiens, à propos de leçons, as-tu fait tes devoirs? N'oublie pas la réception de ce soir. Tu ferais bien de finir ton travail maintenant, si tu veux y venir.

Mes parents donnaient leur cocktail annuel pour les meilleurs clients de la poissonnerie. Ma mère prépare toujours tout un festin, dans ces occasions-là!

J'avais l'eau à la bouche, rien que d'y penser. Alors, je suis monté faire mes devoirs.

Une feuille est tombée de mon agenda scolaire lorsque je

l'ai sorti de mon sac.

La nuit de camping à l'école! Un peu plus et j'oubliais de faire signer l'autorisation à André et à Liane.

J'ai foncé vers l'escalier, j'ai dégringolé les six premières marches sans réfléchir, puis gniiiiii, j'ai freiné.

Est-ce que je voulais encore aller à cette super fête malgré ce qui se passait ces jours-ci?

Gnik, gnoooooonk, je suis retourné en haut.

Pas sûr du tout!

J'ai pris mon livre de maths et je me suis mis à faire mes calculs. Enfin... des calculs!

Un, j'y vais et je me fais peut-être embêter. Deux, je n'y vais pas et tout le monde me tombe dessus lundi matin. Trois, j'y

vais, mais Guillaume n'y va pas, et je m'ennuie, tout seul dans mon coin.

J'ai fermé mon livre et je me suis étendu sur mon lit.

Quatre, je n'y vais pas, Guillaume y va et c'est lui qui se retrouve isolé. Cinq, j'y vais et Guillaume aussi. De deux choses l'une: ou bien il n'ose pas rester avec moi, ou bien nous restons ensemble et...

— Fred! Fred, tu dors? Oh là là! Et nos invités qui sont arrivés! Grouille-toi!

— Hein? Quoi? Quels invités?

J'ai ouvert un oeil, puis l'autre, et j'ai aperçu André. Il était en train de me secouer comme un prunier. Je me suis levé et je l'ai suivi. Mais je ne me suis réveillé tout à fait qu'en approchant de la table.

Wôw! Des pâtés, des pains de toutes les formes, des mousses roses, vertes, jaunes, des montagnes de crevettes et des tonnes de pattes de crabes.

Puis, au beau milieu du plateau de fromages, une petite cloche de verre. Et sous cette cloche, le trésor de mon père, son secret pour mettre fin à une soirée: la crotte du diable.

Quand André retirerait la

bulle de verre, ce serait en effet comme si une cloche sonnait. Les invités s'excuseraient et glisseraient vers la sortie. Merci. Merci beaucoup, mais il est tard. Nous devons rentrer...

André m'a fait un clin d'oeil. Nous étions seuls, lui, ma mère et moi, à connaître ce truc.

Chapitre 4
Munitions
pour l'arme secrète

C'était décidé, j'irais camper avec ma classe et Guillaume viendrait aussi. Le dimanche, je l'ai appelé et je lui ai dit que j'avais eu une idée de génie. Nous profiterions de la nuit au gymnase pour donner à Steve une bonne leçon.

Une leçon qui ne lui ferait aucun mal, mais dont il se souviendrait longtemps.

Évidemment, Guillaume voulait à tout prix savoir ce que je comptais faire.

— Tu promets de ne pas rire?

— Juré, craché. Frrrt.

Pauvre téléphone!

Quand j'ai eu fini d'expliquer mon idée à Guillaume, il a éclaté de rire. Il riait! Riait!

Finalement, il a dit:

— Super, Fred! Je suis d'accord, mais à une condition. D'ici là, tu m'oublies.

Mon ami ne voulait pas que les choses empirent pendant la semaine. Si Steve sentait qu'on était contre lui, il deviendrait peut-être agressif.

— On ne sait jamais. Après tout, on ne le connaît pas beaucoup.

Guillaume avait raison de vouloir être prudent. Il avait surtout raison de dire que nous ne connaissions pas beaucoup Steve.

Mais nous allions apprendre à

mieux le connaître la fin de semaine suivante...

Vendredi matin, je me suis levé plus tôt que d'habitude pour faire mon bagage. Ensuite, je suis allé manger. Mon bol de céréales m'attendait sur la table, à côté de mon casse-croûte. Liane était occupée avec Paul, et André prenait sa douche.

J'en ai profité pour préparer les munitions de mon arme secrète.

J'ai ouvert la porte du frigo et j'ai pris un morceau de crotte du diable. Parfait! Le fromage était très mûr. Il puerait vraiment lorsqu'il serait à la température de la pièce.

Pour l'instant, ça allait encore, puisqu'il était froid. Je me suis empressé de l'enfermer dans un petit bocal. Et j'ai déposé le bocal contre le sac à glace, avec mon casse-croûte.

Puis j'ai filé à l'école après avoir embrassé tout le monde.

Tout le monde, sauf Ric. Quand j'ai approché ma main pour le caresser, il a fait fouichh. Ses poils sont devenus tout raides et il s'est enfui.

— Qu'est-ce qu'il a? s'est exclamée ma mère, inquiète.

— Il n'est pas content que je m'en aille...

Je n'allais sûrement pas lui dire que c'était à cause de l'odeur! Mais ça m'avait mis la puce à l'oreille et je me suis lavé les mains avant de partir.

C'était Steve Doyle que je voulais qu'on traite de fermier. Pas moi!

Chapitre 5
CKC: carnaval, kermesse et camping

À midi, je n'ai pas osé déballer mon casse-croûte. Heureusement, j'avais fourré une pomme dans la poche de mon manteau juste avant de quitter la maison.

De toute façon, je n'avais pas faim. Comme tous les élèves, j'étais excité. C'était le carnaval et il y avait des activités à tous les cours.

Puis la cloche a fini par sonner. Nous avons rassemblé nos affaires et nous nous sommes dirigés vers le gymnase pour assister à une pièce de théâtre. Mais quelle surprise de voir

Steve Doyle s'arrêter à son casier, prendre son manteau et partir!

— Zut! ai-je chuchoté à l'oreille de Guillaume. Je n'avais pas pensé à ça!

Steve ne viendrait pas camper avec nous!

— C'est parfait, a répondu Guillaume.

Moi, je n'étais pas de cet avis. J'aurais voulu qu'on règle le cas Doyle une fois pour toutes.

J'ai écouté la pièce d'une oreille distraite. Même le diable à trois cornes, sur la scène, ne m'amusait pas.

Pourtant, tout le monde se tordait chaque fois qu'il ouvrait la bouche. Il crachait de la fumée et sa voix était complètement déformée. C'était comme s'il par-

lait dans une boîte de métal.

Je ne riais pas, mais je me demandais bien qui jouait ce rôle et comment il faisait son truc.

Steve Doyle! Le diable, c'était Steve Doyle! Quand il a retiré son masque, à la fin, les élèves de ma classe se sont tous levés pour l'applaudir.

Steve avait bien gardé son secret. Personne ne savait qu'il faisait du théâtre. Inutile de décrire l'accueil qu'il a reçu lorsqu'il est venu nous rejoindre pour manger! Il n'avait qu'à lever le petit doigt et chacun se précipitait.

— Du lait, s'il vous plaît.

Sept berlingots de lait ont atterri devant lui.

Seuls Guillaume et moi mangions comme si de rien n'était,

chacun à une extrémité de la table.

Cela avait l'air de fatiguer Steve. À tout bout de champ, il faisait une blague et il nous regardait pour voir notre réaction. On aurait dit qu'il ne faisait son spectacle que pour nous deux.

Mais Guillaume et moi, nous ne nous occupions pas de lui. Guillaume lisait une bande dessinée en avalant ses spaghettis et moi, je dévorais mes pâtes. J'avais l'estomac dans les talons et l'esprit ailleurs. J'espérais ne pas m'endormir avant d'avoir réalisé mon plan...

Après le repas, il y avait une kermesse. Ensuite, nous avons écouté un film et finalement, nous nous sommes préparés pour la nuit.

Je croyais que le plus difficile serait de m'installer à côté de Steve, puisque tout le monde voulait cette place. Mais non! Pendant que les autres se disputaient, je me suis faufilé en vitesse et j'ai déroulé mon sac de couchage.

Quand ils se sont retournés, j'avais déjà la tête sur l'oreiller.

Steve a semblé apprécier la manoeuvre. Il m'a jeté un coup d'oeil, l'air de dire: «Des vrais bébés!»

Un peu plus, je le trouvais sympathique et je renonçais à mon projet.

Malheureusement pour lui, Steve n'a pu s'empêcher d'ajouter son grain de sel lorsque Patrick Côté a lancé:

— Trop tard, les gars. Le siamois a pris la place.

— Pas le siamois, a dit Steve.
La siamoise!

Ils se sont mis à miauler comme des fous. Tellement que l'institutrice s'est fâchée. Mais personne ne l'écoutait. Elle a donc éteint les lumières et j'ai profité du désordre qui a suivi pour passer à l'action.

Chapitre 6
L'institutrice renifleuse

J'avais caché mon casse-croûte dans mon sac à dos. J'ai vite sorti le fromage qui était encore bien froid. Avec un couteau, j'ai déposé la crotte du diable dans une des chaussures de Steve.

L'effet n'a pas tardé à se faire «sentir».

Le temps que l'institutrice réussisse à faire taire les élèves, le fromage s'était réchauffé. L'odeur a alors commencé à se répandre dans le gymnase.

— Ouache! Remets tes chaussures, Côté!

— Ce n'est pas moi! Ça vient de l'autre bout!

— Silence, les enfants!

— Mais, madame, il y a quelqu'un qui a fait dans ses culottes!

— Dégueu!

— Ça suffit, j'ai dit! C'est le temps de dormir!

Mme Latour avait perdu la maîtrise de la situation. Elle a rallumé et, à ce moment, l'odeur l'a frappée.

— Ah misère! Qu'est-ce que c'est que ça? Allons, les enfants! Tous ici!

Les élèves se sont poussés dans le coin du gymnase et Mme Latour s'est mise à chercher d'où provenait l'odeur. Elle était tellement drôle à voir! Elle avançait sur la pointe des pieds, en reniflant comme un chien policier.

Nous étions tous morts de rire. Guillaume, surtout. Mon ami en avait les larmes aux yeux.

Cette fois, il était venu se placer à côté de moi sans se soucier des autres. J'avais gagné la partie.

Enfin... je croyais avoir gagné la partie...

Plus ça allait, plus Mme Latour se rapprochait du fromage. Près du sac de couchage de Steve, elle a soulevé la chaussure par le lacet, en se pinçant le nez.

— À qui appartient ce soulier?

— À moi! a répondu Steve après un long silence.

Il était devenu rouge comme son costume, dans la pièce de théâtre.

— Pas étonnant que ça sente le diable! a fait remarquer Patrick.

Aussitôt, les élèves se sont

éloignés de Steve comme s'ils avaient peur d'attraper une maladie.

Une fois à l'écart, cependant, ils se sont mis à faire des blagues. Les mêmes plaisanteries que Steve avait faites à Guillaume, au sujet des odeurs de la ferme et des fermiers.

J'étais mal à l'aise, mais Steve l'avait bien cherché. Ses moqueries lui revenaient en pleine face. C'était bien fait pour lui!

— Silence, les enfants! a crié Mme Latour. J'ai encore une petite question.

Elle s'est penchée, a mis le soulier par terre et s'est relevée en dressant son index:

— Et cela, ça t'appartient aussi?

Chapitre 7
Un cadeau du diable

Si Steve était rouge, moi, j'étais cramoisi.

Mme Latour avait du pif! Elle avait flairé le coup monté. Il ne lui a pas fallu plus de deux minutes pour repérer mon casse-croûte et le contenant à fromage.

— Dis donc, Fred, tu aimes la fine cuisine!

— Qu'est-ce que c'est, madame? a demandé Steve en me regardant.

— Demande-le à Fred, puisque c'est son cadeau.

J'étais tellement gêné! Je ne savais plus où me mettre.

— Eh bien! Je vais te le dire, moi, a repris Mme Latour. C'est de la crotte du diable. Un excellent fromage importé. Son seul défaut, c'est de ne pas sentir très bon. Comme tu as pu le constater...

Je voyais bien que Mme Latour se retenait pour ne pas rire. Mais Steve, lui, ne s'en est pas privé.

— De la crotte du diable! Elle est bien bonne! Le diable qui a échappé une crotte dans son soulier! Ah! Ah! Ah!

Steve était incapable de s'arrêter de rire. Il a fallu que Mme Latour monte le ton et nous envoie tous nous coucher pour qu'il se calme.

— Tu viendras me voir après le camping, Fred. On en reparlera. Et toi aussi, Steve. J'aurai deux mots à te dire.

Je n'ai pas très bien dormi. Je n'avais pas peur de Mme Latour. D'habitude, elle est plutôt drôle et gentille. Mais je craignais la réaction de Steve. Je m'étais ridiculisé devant toute la classe. Il aurait beau jeu, maintenant.

En me rendant au bureau de Mme Latour, j'ai croisé Steve. Il avait l'air piteux. Quand il m'a aperçu, il a baissé la tête et il a continué son chemin en regardant ses chaussures.

— Entre, me dit Mme Latour. Assieds-toi. Tu vois, la place est chaude. Ton ami Steve l'a réchauffée pour toi.

L'institutrice avait un curieux petit sourire. Je ne savais vraiment pas à quoi m'attendre.

— Steve n'est pas mon ami.
Il a insulté Guillaume.

— Et tu as voulu le venger...
je sais tout ça.

— Comment?

— Je ne suis pas aveugle.
J'ai bien vu le manège de Steve,
dans la cour de récréation. Ce
n'est pas pour rien si je l'ai fait
venir ici avant toi. J'avais ma
petite idée sur son comporte-
ment et je voulais la vérifier.

— Quelle idée?

Mme Latour m'a expliqué
que Steve ne le savait pas lui-
même, mais qu'au fond il était
jaloux de Guillaume et de moi.
Il nous enviait plein de choses,
surtout notre amitié et notre passion pour les chats.

Il aurait tant voulu, lui aussi,
avoir un chat! Mais pour ses parents, il n'en était pas question.

— Pourquoi?

— Ah, tu sais... les poils, les griffes, les maladies... Et puis ses parents ont une pâtisserie, et cette pâtisserie donne directement sur leur cuisine. Alors, ils ont peur que le chat fasse des ravages, tu comprends?

Si je comprenais! C'était exactement ce que j'avais vécu à la maison, avec notre poissonnerie!

— Ah bon? Et tu as réussi à convaincre tes parents?

— Ça a été long, mais j'ai réussi.

— Très bien, Fred. Pour ta punition, tu iras voir Steve, lundi, à la récréation, et tu lui expliqueras comment tu t'y es pris.

— Mais, madame, comment est-ce que je vais faire pour lui parler? Tout à l'heure, je l'ai rencontré et il ne m'a même pas regardé.

— Il faut dire que je l'avais pas mal secoué. Mais ne t'en fais pas, il va réfléchir. C'est un garçon très intelligent. Je crois qu'on peut lui faire confiance. Je crois même que tu entendras parler de lui avant que lui entende parler de toi.

— Qu'est-ce qui vous fait dire ça?

Mme Latour a levé en l'air son nez d'institutrice renifleuse, et elle a dit:

— Mon flair, Fred. Mon flair.

Après ce que j'avais vu la veille, je n'avais aucune raison de douter du flair de Mme Latour. Mais de là à imaginer ce qui allait se passer ensuite...

Je suis retourné au gymnase

et comme Steve était parti, j'ai décidé de rester pour jouer au basketball.

Vers seize heures, j'ai pris mon sac de couchage, mon sac à dos, et je suis rentré à la maison.

Lorsque je suis arrivé, ma mère m'a annoncé qu'on venait de déposer quelque chose pour moi, à la poissonnerie.

— Quoi donc?

— Je ne sais pas, va voir.

Mon père avait rangé le colis sous le comptoir de la caisse.

— Ce n'est pas une bombe, j'espère! dit-il en riant.

Eh bien oui, c'en était une. Une bombe puante. Une meule de crotte du diable bien mûre.

— Bizarre, dit André en apercevant le fromage. Il y a sûrement une erreur. Ça ne peut pas être pour toi. Je me demande bien... Oh! regarde, il y a une enveloppe.

André a ramassé l'enveloppe qui venait de tomber par terre et il l'a ouverte.

— De plus en plus bizarre...

— Qu'est-ce que ça dit, papa?

— Rien. C'est tout simplement écrit: «De Belzébuth».

— Qui c'est, Belzébuth?

— Le diable...

J'ai pris mon air le plus innocent et j'ai dit à mon père:

— Tu as raison. C'est sûrement pour toi.

Je l'ai laissé avec un foutu mystère à résoudre. Puis je suis monté à ma chambre en me disant que mon institutrice était une vraie championne. Comique, compréhensive, et du pif à faire peur.

Non seulement Steve s'était manifesté, mais il l'avait fait dans un temps record. Tellement que...

Une lumière s'est soudain

allumée dans mon cerveau. Ce tour était sûrement une idée de Mme Latour! Cette punition qu'elle avait donnée à Steve était en même temps une façon de nous aider à nous rapprocher.

Eh bien! C'était réussi! Voilà maintenant que j'avais hâte au lundi. Hâte de rencontrer le diable, sans que ce soit l'enfer!

Table des matières

Laboratoire de didactique
Département des sciences de l'éducation
Université du Québec à Hull

Achevé d'imprimer
sur les presses de Litho Acme Inc.